D1924550

Chillies

Linda Doeser

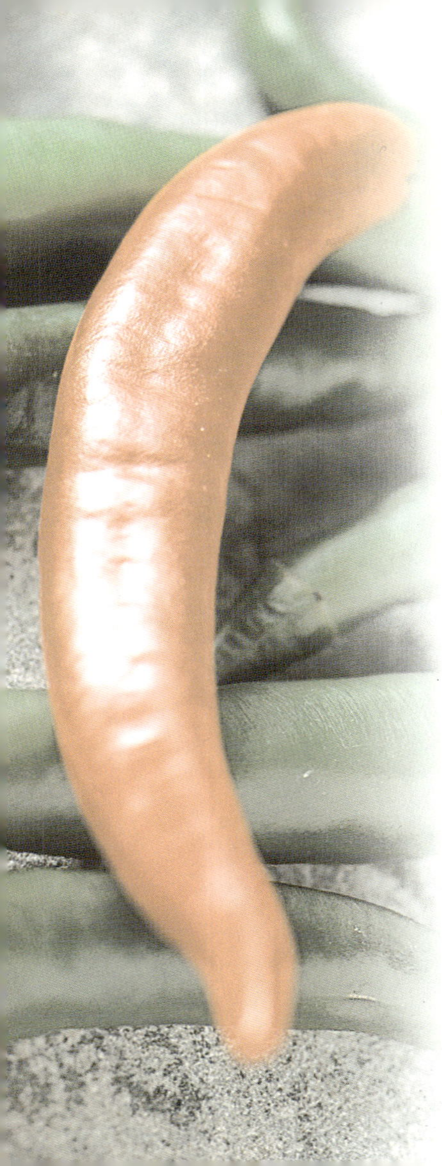

Copyright © Parragon

Entwurf und Realisation: Bridgewater Book Company Ltd.
Fotos: Karen Thomas

Alle Rechte vorbehalten. Die vollständige oder auszugsweise Speicherung, Vervielfältigung oder Übertragung dieses Werkes, ob elektronisch, mechanisch, durch Fotokopie oder Aufzeichnung, ist ohne vorherige Genehmigung des Rechteinhabers urheberrechtlich untersagt.

Copyright © 2005 für die deutsche Ausgabe

Parragon
Queen Street House
4 Queen Street
Bath BA1 1HE, UK

Übersetzung: Berliner Buchwerkstatt, Vera Olbricht
Satz: Berliner Buchwerkstatt, Britta Dieterle
Redaktion: Berliner Buchwerkstatt, Ivana Jokl
Koordination: trans texas Publishing Services GmbH, Köln

ISBN 1-40544-540-8

Printed in India

HINWEIS
Sind Zutaten in Löffelmengen angegeben, ist immer ein gestrichener Löffel gemeint. Ein Teelöffel entspricht 5 ml, ein Esslöffel 15 ml. Sofern nichts anderes angegeben ist, wird Vollmilch (3,5 % Fett) verwendet.
Bei Eiern verwenden Sie mittelgroße Exemplare. Pfeffer sollte stets frisch gemahlen werden. Sofern die Schale von Zitrusfrüchten benötigt wird, verwenden Sie unbedingt unbehandelte Früchte.
Die angegebenen Zeiten in jedem Rezept sind grobe Richtlinien, die je nach Kochtechnik und Garzeit differieren können.
Bei den Garzeiten können sich je nach Herdtyp und Heizquelle geringfügige Änderungen ergeben. Bei Verwendung des Backofens sollte dieser immer auf die angegebene Temperatur vorgeheizt werden. Für Garzeiten und Temperatureinstellungen bei Umluftherden die Anweisungen der Hersteller beachten.
Kinder, ältere Menschen, Schwangere, Kranke und Rekonvaleszenten sollten auf Gerichte mit rohen oder nur leicht gegarten Eiern verzichten.

Inhalt

Einführung

Chillies wurden schon von den mittel- und südamerikanischen Indianern in zahlreichen Varietäten – von relativ mild bis sehr scharf – kultiviert. Heutzutage verfeinern sie die Speisen Afrikas, Indiens, Chinas, Südostasiens und vieler anderer Länder.

Meistens sind kleine, spitz zulaufende Chillies schärfer als runde, doch Ausnahmen bestätigen auch hier die Regel. Die Schärfe befindet sich in den Trennwänden und in den Samen. Entfernen Sie daher für ein weniger feuriges Aroma Samen und Trennwände.

Beim Umgang mit Chillies sollten Sie umsichtig sein. Vorsicht ist vor allem im Lippen-, Nasen- und Augenbereich geboten. Die Hände müssen nach dem Schneiden gründlich gereinigt werden.

Haben Sie sehr empfindliche Haut, sollten Sie Gummihandschuhe tragen, wenn Sie Chillies verarbeiten.

Heutzutage sind allein in Mexiko gut 200 unterschiedliche Chilisorten bekannt. Zu den beliebtesten unter den mittelscharfen bis scharfen Chillies gehören Jalapeño, Serrano, Fresno, Vogelaugen-Chili, Scotch-Bonnet, Rocotillo, Poblano und, die schärfste von allen, die Habanero-Chili. Zu den milderen zählen die süß-aromatische Anaheim und kirschförmige Varietäten wie Bananen- und Chilaca-Chili.

Chillies können eingelegt oder geräuchert werden. Jalapeños eignen sich für beide Zubereitungsarten. Getrocknete Chillies wie Ancho, die getrocknete Variante der Poblano, gehören in jedes Gewürzregal. In warmes Wasser eingeweicht, erwachen sie wieder zum „Leben“, oder sie verfeinern, in ein Gericht eingerieben, den Geschmack.

Wie auch immer: Ob Sie den feurig-fruchtigen Geschmack einer Habanero oder die scharfe Süße der Cayenne bevorzugen, das Kochen mit Chillies verleiht Ihren Gerichten ein besonderes Aroma.

Gefüllte Chillies

FÜR 4–8 PERSONEN

VORBEREITUNG: 20 MINUTEN

GARZEIT: 15–20 MINUTEN

3 Eier, getrennt
50 g Mehl
320 g Gouda
16 frische Jalapeño-Chillies
Sonnenblumen- oder Maisöl, zum Frittieren

Diese mit Käse gefüllten, pikanten mexikanischen Appetithappen schmecken hervorragend zu einem Aperitif.

1 Das Eiweiß in einer Schüssel steif schlagen. Das Eigelb in einer separaten Schüssel verquirlen, dann unter das Eiweiß heben. Das Mehl auf einen flachen Teller geben. Etwa 220 g Käse in 16 Stifte schneiden, den Rest reiben.

2 Die Chillies der Länge nach einschneiden und entkernen. Das Fruchtfleisch abspülen und mit Küchenpapier trockentupfen. Die Chillies mit den Käsestiften füllen.

3 Den Backofengrill vorheizen. Das Öl zum Frittieren auf 180–190 °C erhitzen oder so lange, bis ein Brotwürfel in 30 Sekunden darin bräunt. Die Chillies in der Eimischung und dann im Mehl wenden. Im Öl frittieren, bis sie rundum goldbraun sind. Auf Küchenpapier gut abtropfen lassen.

4 Die Chillies in eine Auflaufform geben und mit geriebenem Käse bestreuen. Die Auflaufform unter den Grill stellen. Wenn der Käse geschmolzen ist, servieren.

Guacamole

FÜR 4 PERSONEN

VORBEREITUNG: 15 MINUTEN

GARZEIT: KEINE

2 Avocados

1 frische grüne Chili,
entkernt und fein gehackt

2 frische rote Chillies,
entkernt und fein gehackt

1 Knoblauchzehe, fein gehackt

4 Frühlingszwiebeln, fein gehackt

2 EL Olivenöl, plus etwas mehr
zum Beträufeln

Saft von 1 Limette

Salz

frischer Koriander, zum Garnieren

Tortilla-Chips, zum Servieren

Sie können diesen feurigen Dip mit rohen Gemüsestiften servieren oder zu gegrillten Steaks oder Koteletts reichen.

1 Die Avocados halbieren und entkernen. Das Fruchtfleisch mit einem Löffel in eine Schüssel geben und mit einer Gabel zu einem weichen, groben Püree zerdrücken.

2 Chillies, Knoblauch, Frühlingszwiebeln, Olivenöl und Limettensaft in das Püree rühren und mit Salz abschmecken. Für eine glatte Guacamole Fruchtfleisch, Chillies, Knoblauch, Frühlingszwiebeln, Öl und Limettensaft in einer Küchenmaschine oder mit einem Pürierstab verarbeiten.

3 Den Dip in eine Schüssel geben, mit etwas Öl beträufeln und mit Koriander bestreuen.

4 Die Guacamole sofort servieren oder mit Frischhaltefolie abgedeckt nicht länger als 2 Stunden im Kühlschrank aufbewahren, da sie sich sonst verfärbt. Mit Tortilla-Chips servieren.

Frühlingsrollen mit süßer Chili-Sauce

Diese asiatische Spezialität können Sie als köstliche Vorspeise oder leckeren Partysnack servieren.

1 Für die Sauce Essig, Wasser und Zucker in einem Topf unter ständigem Rühren erhitzen, bis sich der Zucker gelöst hat. Aufkochen und ohne Rühren zu Sirup kochen. Die Chillies unterrühren und das Ganze beiseite stellen. Inzwischen die Nudeln in einer Schüssel mit heißem Wasser übergießen und gemäß den Packungsangaben ziehen lassen. Abtropfen lassen und zerkleinern.

2 2 Esslöffel Öl in einem vorgewärmten Wok erhitzen. Chillies und Knoblauch darin unter Rühren 1 Minute dünsten. Das Fleisch zugeben und unter gelegentlichem Rühren 2 Minuten braun braten, Chinakohl, Karotten, Nudeln, Zucker, Fisch- und Austernsauce zugeben und unter Rühren 3 Minuten dünsten. Abkühlen lassen.

3 2 Teelöffel Füllung auf 1 Teigblatt geben; dieses zusammenrollen und dabei die Seiten einschlagen. Die Kanten mit Eiweiß bestreichen. Das Öl zum Frittieren auf 180–190 °C erhitzen. Die Frühlingsrollen 3 Minuten goldgelb frittieren. Abtropfen lassen, mit der Sauce servieren.

ERGIBT 20 ROLLEN

VORBEREITUNG: 30 MINUTEN, PLUS 30 MINUTEN ABKÜHLEN

GARZEIT: 20–25 MINUTEN

80 g Glasnudeln
2 EL Erdnuss- oder Sonnenblumenöl, plus etwas mehr zum Frittieren
1–2 Vogelaugen-Chillies, entkernt und gehackt
2 Knoblauchzehen, fein gehackt
220 g Schweinehack
80 g Chinakohl, fein zerteilt
1 Karotte, in dünnen Stiften
1 EL Zucker
2 EL Fischsauce
2 EL Austernsauce
20 Frühlingsrollenblätter
1 Eiweiß, leicht verquirlt

Sauce

4 EL Reisessig
2 EL Wasser
50 g Zucker
2 Vogelaugen-Chillies, entkernt und gehackt

Exotische Suppe mit Harissa

Damit das Aroma sich voll entfaltet, bereiten Sie die Suppe am besten am Vortag zu.

1 Den Backofen auf 200 °C vorheizen. Die Auberginen mit einer Gabel einstechen, auf ein Backblech legen und 1 Stunde im Backofen garen. Abkühlen lassen und enthäuten.

2 Das Öl in einem Topf erhitzen. Die Lammkeulchen hineingeben und braun braten. Zwiebel, Hühnerbrühe und Wasser zugeben. Aufkochen, dann die Hitze reduzieren und alles 1 Stunde köcheln.

3 Für die Harissa Paprika, Koriandersamen, Chillies, Knoblauch und Kümmel in einer Küchenmaschine vermengen. Bei laufendem Motor so viel Öl zugeben, dass eine Paste entsteht. Mit Salz abschmecken und in ein Schraubglas geben. Mit Öl bedecken, verschließen und kühl stellen.

4 Das Fleisch aus der Brühe nehmen, entbeinen und in Stücke schneiden. Süßkartoffeln, Zimtstange und Kreuzkümmel in die Brühe geben, aufkochen und abgedeckt 20 Minuten köcheln. Die Zimtstange entfernen. Die Suppe mit den Auberginen in einer Küchenmaschine pürieren. Das Püree in den Topf geben, Lammfleisch und Koriander zufügen und erhitzen. Mit der Harissa servieren.

FÜR 6 PERSONEN

VORBEREITUNG: 30 MINUTEN, PLUS 30 MINUTEN ABKÜHLEN

GARZEIT: 1½ STUNDEN

2 Auberginen
3 EL Olivenöl
6 Lammkeulchen
1 kleine Zwiebel, gehackt
400 ml Hühnerbrühe
2 l Wasser
400 g Süßkartoffeln, in Stücken
5-cm-Stück Zimtstange
1 TL gemahlener Kreuzkümmel
2 EL frisch gehackter Koriander

Harissa

2 rote Paprika, geröstet, enthäutet, entkernt und gehackt
½ TL Koriandersamen, trocken geröstet
20 g frische rote Chillies, gehackt
2 Knoblauchzehen, gehackt
2 TL Kümmel
Olivenöl
Salz

Chili-Suppe mit Mais

Diese schmackhafte Suppe kann sowohl mit frischen Jalapeño-Chillies wie auch mit der geräucherten Variante, den Chipotle-Chillies, zubereitet werden.

1 Das Öl in einem großen, schweren Topf erhitzen. Die Zwiebeln hineingeben und auf niedriger Stufe unter gelegentlichem Rühren 5 Minuten dünsten, bis sie weich sind. Den Mais unterrühren und weitere 3 Minuten dünsten.

2 Hühnerbrühe, etwa 210 ml Milch, Chillies und Knoblauch zugeben und mit Salz abschmecken. Aufkochen, dann die Hitze reduzieren. Abdecken und 15–20 Minuten köcheln.

3 Die restliche Milch unterrühren. Die Kochflüssigkeit durchseihen, dabei so viel Flüssigkeit wie möglich auspressen; 175 ml beiseite stellen. Die verbliebene Suppe in einer Küchenmaschine zu einem groben Püree verarbeiten.

4 Das Püree in den Topf geben. Zurückbehaltene Kochflüssigkeit, Chorizo, Limettensaft und Koriander unterrühren und unter ständigem Rühren aufkochen. Die Suppe in vorgewärmte Suppentassen schöpfen und sofort servieren.

FÜR 6 PERSONEN

VORBEREITUNG: 20 MINUTEN

GARZEIT: 30–35 MINUTEN

1 EL Maisöl
2 Zwiebeln, gehackt
550 g Mais aus der Dose, abgetropft
600 ml Hühnerbrühe
425 ml Milch
4 Chipotle-Chillies, entkernt und fein gehackt
2 Knoblauchzehen, fein gehackt
Salz
60 g Chorizo, in dünnen Scheiben
2 EL Limettensaft
2 EL frisch gehackter Koriander

Chili con Carne

Greifen Sie nicht mehr nach den nachgeahmten Varianten dieser Tex-Mex-Spezialität – hier ist das Original!

1 2 Esslöffel Öl in einem schweren Topf erhitzen. Die Hälfte der Zwiebeln und den Knoblauch hineingeben und unter Rühren 5 Minuten dünsten, bis die Zwiebeln weich sind. Mit einem Schaumlöffel herausnehmen.

2 Das Mehl auf einen flachen Teller geben, mit Salz und Pfeffer würzen und die Fleischstücke darin wenden. Das Fleisch im Topf portionsweise rundum goldbraun braten, dann die gedünsteten Zwiebeln zugeben. Rinderbrühe und Wein hineingießen und unter ständigem Rühren aufkochen. Die Hitze reduzieren und das Ganze 1 Stunde köcheln.

3 Inzwischen das restliche Öl in einer Pfanne erhitzen. Die restlichen Zwiebeln und die roten Chillies hineingeben und unter gelegentlichem Rühren 5 Minuten dünsten. Die Bohnen sowie die Tomaten samt Flüssigkeit aus der Dose zugeben. Die Tomaten mit einem Holzlöffel zerteilen. Alles 25 Minuten köcheln und eindicken lassen.

4 Das Fleisch auf die Teller verteilen, die Bohnenmischung darübergeben und mit der grünen Chili bestreuen. Mit Tortilla-Chips servieren.

FÜR 6 PERSONEN

VORBEREITUNG: 20 MINUTEN

GARZEIT: $1\frac{1}{2}$ STUNDEN

4 EL Maisöl
2 Zwiebeln, gehackt
1 Knoblauchzehe, gehackt
1 EL Mehl
Salz und Pfeffer
900 g Rindfleisch, gewürfelt
300 ml Rinderbrühe
300 ml Rotwein
2–3 frische rote Chillies, entkernt und gehackt
800 g Kidneybohnen aus der Dose, abgetropft
400 g Tomaten aus der Dose
1 frische grüne Chili, entkernt und in Ringen, zum Garnieren
Tortilla-Chips, zum Servieren

Grillsteak mit feuriger Chili-Salsa

FÜR 4 PERSONEN

VORBEREITUNG: 15 MINUTEN, PLUS 20 MINUTEN ABKÜHLEN

GARZEIT: 10–15 MINUTEN

4 Sirloin-Steaks à 220 g
Salz und Pfeffer
Sonnenblumenöl, zum Bestreichen

Salsa

4 frische rote Habanero- oder Scotch-Bonnet-Chillies
4 frische grüne Poblano-Chillies
3 Tomaten, gehäutet, entkernt und gehackt
2 EL frisch gehackter Koriander
1 EL Rotweinessig
2 EL Olivenöl

Diese Steaks lassen sich auch auf einem Holzkohlengrill oder im Backofen zubereiten. Die Salsa schmeckt zu allen Fleischsorten köstlich.

1 Zuerst die Salsa zubereiten. Den Backofengrill vorheizen. Rote und grüne Chillies auf ein Backblech legen und unter häufigem Wenden grillen, bis die Haut sich schwärzlich färbt und Blasen wirft. Abkühlen lassen und die Haut mit Küchenpapier abreiben. Die Chillies halbieren, entkernen und fein hacken.

2 Chillies, Tomaten und Koriander in einer Schüssel vermengen. Essig und Öl in einer separaten Schüssel vermischen, mit Salz abschmecken und über die Salsa gießen. Alles gut vermengen, abdecken und bis zum Servieren in den Kühlschrank stellen.

3 Die Steaks mit Salz und Pfeffer würzen. Eine Grillpfanne mit etwas Öl bestreichen und auf mittlerer Stufe richtig heiß werden lassen. Die Steaks, je nachdem, wie gar sie sein sollen, auf jeder Seite 2–4 Minuten darin braten. Sofort mit der Salsa servieren.

Schweine-Kebabs mit Satay-Sauce

Würzig mariniertes Schweinefleisch und ein knackig-frischer Salat ergeben ein perfektes Sommergericht.

1 Grüne Chillies, Zwiebel, Knoblauch, Zimt, Kreuzkümmel, Ingwer, Lorbeerblätter, Limettenschale und -saft in eine flache Schüssel geben. Die Fleischwürfel in der Marinade wenden, bis sie gut bedeckt sind. Das Fleisch 3 Stunden im Kühlschrank marinieren.

2 Den Backofen- oder Holzkohlengrill vorheizen. Für die Sauce Chillies, Erdnüsse, Zitronengras, Knoblauch, Schalotten und Koriander in einer Schüssel mit dem Stößel zu einer Paste zerstoßen. Das Erdnussöl in einer Pfanne erhitzen. Die Paste hineingeben und auf niedriger Stufe goldbraun braten. Die restlichen Zutaten für die Sauce zufügen und aufkochen. Abdecken und warm stellen.

3 Die Fleischwürfel abtropfen lassen und auf 12 Metall- oder eingeweichte Holzspieße stecken. Mit dem Öl bestreichen und im Backofen oder auf dem Holzkohlengrill 8–10 Minuten grillen, bis sie gar sind. Dabei häufig wenden. Sofort mit der Sauce servieren.

FÜR 6 PERSONEN

VORBEREITUNG: 20 MINUTEN, PLUS 3 STUNDEN MARINIEREN

GARZEIT: 20 MINUTEN

- 3 frische grüne Chillies, entkernt und gehackt
- 1 Zwiebel, in Ringen
- 4 Knoblauchzehen, fein gehackt
- 5-cm-Stück Zimtstange, in Stücke gebrochen
- 2 TL gemahlener Kreuzkümmel
- 2,5-cm-Stück Ingwerwurzel, gerieben
- 2 Lorbeerblätter
- abgeriebene Schale und Saft von 1 Limette
- 900 g Schweinefilet, gewürfelt

Sauce

- 2 frische rote Chillies, entkernt und gehackt
- 60 g ungesalzene, trocken geröstete Erdnüsse, grob gehackt
- 1 Stängel Zitronengras, gehackt
- 1 Knoblauchzehe, gehackt
- 8 Schalotten, gehackt
- 1 EL frisch gehackter Koriander
- 1 EL Erdnussöl
- 225 ml Kokosmilch aus der Dose
- 1 TL dunkle Sojasauce
- 1 EL Fischsoße
- 2 TL Muskovado-Zucker

Schweinefleisch mit Chillies

FÜR 4 PERSONEN

VORBEREITUNG: 30 MINUTEN, PLUS 10 MINUTEN MARINIEREN

GARZEIT: 5–7 MINUTEN

650 g Schweinehack
1 EL Fischsoße
5 frische rote Vogelaugen-Chillies
3 Knoblauchzehen
3 EL Erdnuss- oder Sonnenblumenöl
1 EL brauner Zucker
2 EL dunkle Sojasauce
2 EL Austernsauce
1–2 EL Hühnerbrühe oder Wasser (nach Belieben)
frisches Thai-Basilikum, zum Garnieren

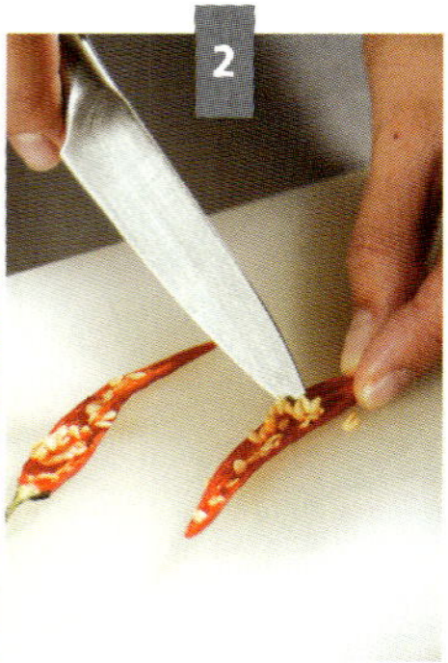

Vogelaugen-Chillies sind sehr scharf. Für ein weniger scharfes Aroma nehmen Sie einfach eine mildere Sorte roter Chillies.

1 Das Gehackte und die Fischsoße in einer Schüssel vermengen und 10 Minuten marinieren.

2 Nach Belieben die Chillies halbieren und entkernen. Chillies und Knoblauch im Mörser mit dem Stößel zu einer Paste zerstoßen. Das Öl in einem vorgewärmten Wok oder einer schweren Pfanne erhitzen. Das Gehackte und die Chili-Paste hineingeben und auf hoher Stufe 2–3 Minuten rundum braun anbraten.

3 Zucker, Soja- und Austernsauce unter ständigem Rühren zugeben und 3–4 Minuten garen. Ist die Mischung zu trocken, Hühnerbrühe oder Wasser hineingießen. Sofort mit Thai-Basilikum garniert servieren.

Huhn mit Chillies und Thai-Kräutern

Nichts für schwache Nerven! Denn dieses Gericht enthält Chillies sowohl als Zutat wie auch als Garnierung.

1 Den oberen, hölzernen Teil des Zitronengrasstängels abschneiden und entfernen. Den unteren, dickeren Teil sehr fein hacken. Das Öl in einem vorgewärmten Wok oder einer Pfanne erhitzen. Chillies, Zitronengras und Knoblauch hineingeben und unter ständigem Rühren 2–3 Minuten dünsten, bis die Chillies leicht gebräunt sind.

2 Das Hähnchenfleisch zugeben und unter gelegentlichem Rühren 5 Minuten braten, bis es goldbraun ist. Fisch- und Sojasauce sowie Zucker zugeben und weitere 4–5 Minuten unter gelegentlichem Rühren braten, bis das Fleisch gar ist.

3 Den Koriander und die Blätter von 3 Thai-Basilikum-Zweigen hineingeben. Das Ganze in eine vorgewärmte Schüssel geben und mit den Chiliringen und dem restlichen Thai-Basilikum garnieren.

FÜR 4 PERSONEN

VORBEREITUNG: 10 MINUTEN
GARZEIT: 15 MINUTEN

1 Stängel Zitronengras
3 EL Erdnuss- oder Sonnenblumenöl
4 frische rote Vogelaugen-Chillies, entkernt und gehackt
4 Knoblauchzehen, fein gehackt
500 g Hähnchenbrustfilet, gewürfelt
3 EL Fischsauce
1 EL dunkle Sojasauce
1 TL Zucker
1 EL frisch gehackter Koriander
4 frische Thai-Basilikum-Zweige
3 frische rote Vogelaugen-Chillies, in dünnen Ringen, zum Garnieren

Huhn-Chili-Enchiladas

Maistortillas mit einer würzigen Füllung und in einer schmackhaften Sauce gebacken bilden eine gehaltvolle Mahlzeit.

1 Den Backofen auf 180 °C vorheizen und eine große Auflaufform mit Öl ausstreichen. Zwei Drittel der Chillies sowie Zwiebeln, Knoblauch, Koriander, Limettensaft, Hühnerbrühe, Tomaten und Zucker in einer Küchenmaschine zu einer glatten Mischung verarbeiten. Diese in einen Topf geben und auf mittlerer Stufe 10 Minuten köchelnd eindicken lassen.

2 Restliche Chillies, Hühnerfleisch, etwa 50 g Käse und Oregano vermengen. Mit Salz bestreuen und mit der Hälfte der Sauce verrühren.

3 Die Tortillas gemäß den Packungsangaben in einer schweren Pfanne oder in der Mikrowelle erwärmen. Die Füllung in die Mitte der Tortillas geben, diese zusammenrollen und mit der Naht nach unten in die Auflaufform legen.

4 Die restliche Sauce über die Enchiladas gießen und den restlichen Käse darüber streuen. Im Backofen 20 Minuten backen und heiß servieren.

FÜR 4 PERSONEN

VORBEREITUNG: 25 MINUTEN

GARZEIT: 30–35 MINUTEN

Maisöl, zum Bestreichen

5 frische grüne Chillies, wie Jalapeño- oder Serrano-Chillies, entkernt und gehackt

1 milde Zwiebel, gehackt

2 Knoblauchzehen, gehackt

2 EL frisch gehackter Koriander

2 EL Limettensaft

125 ml Hühnerbrühe

2 Fleischtomaten, enthäutet, entkernt und gehackt

1 Prise Zucker

350 g gekochtes Hühnerfleisch, enthäutet, entbeint und fein gehackt

80 g Queso anejo oder Cheddar, gerieben

2 TL frisch gehackter Oregano

Salz

8 Mais- oder Weizentortillas

Indisches Chili-Huhn

Die Mischung macht's: Frische Chillies und Chilipulver ergeben den feurig-aromatischen Geschmack.

1 Die Chillies der Länge nach aufschneiden. Das Öl in einer großen, schweren Pfanne erhitzen. Die Chillies hineingeben und auf niedriger Stufe 4–5 Minuten braten, bis sie zu bräunen beginnen. Dabei gelegentlich wenden. Mit einem Schaumlöffel herausnehmen und beiseite stellen.

2 Zwiebel, Chilipulver, Ingwer, Knoblauch, Kreuzkümmel, Curryblätter und eine Prise Salz in der Pfanne unter gelegentlichem Rühren 2–3 Minuten dünsten. Das Hähnchenfleisch zugeben und unter gelegentlichem Rühren 8–10 Minuten dünsten, bis es weiß und gar ist.

3 Koriander und Limettensaft hineingeben, Chillies und Tomaten zufügen. Kurz umrühren und sofort mit Naan-Brot oder frisch gekochtem Reis servieren.

FÜR 4 PERSONEN

VORBEREITUNG: 10 MINUTEN

GARZEIT: 15–20 MINUTEN

6–8 frische rote Chillies
4 EL Sonnenblumenöl
2 Zwiebeln, gehackt
1 TL Chilipulver
1 TL frisch geriebener Ingwer
2 Knoblauchzehen, fein gehackt
1/2 TL Kreuzkümmelsamen
2 Curryblätter
Salz
650 g Hähnchenbrustfilet, gewürfelt
2 EL frisch gehackter Koriander
1 EL Limettensaft
4 Tomaten, geviertelt
Naan-Brot oder frisch gekochter Reis, zum Servieren

Grünes Thai-Curry

Dieses verlockend duftende Gericht kann mit Rindfleisch, Garnelen, Seeteufel oder, wie hier, mit Huhn zubereitet werden. Die restliche Currypaste im Kühlschrank lagern.

1 Zuerst die Currypaste zubereiten. Nach Belieben die Chillies entkernen und grob hacken. Alle Zutaten für die Paste im Mörser mit dem Stößel zerstoßen oder in einer Küchenmaschine zu einer glatten Mischung verarbeiten. Nach und nach das Öl zugeben.

2 2 Esslöffel Öl in einem vorgewärmten Wok oder einer großen, schweren Pfanne erhitzen. 2 Esslöffel Currypaste hineingeben und kurz anbraten, bis die Aromen sich entfalten.

3 Hähnchenfleisch, Kaffir-Limetten-Blätter und Zitronengras zugeben und unter gelegentlichem Rühren 3–4 Minuten anbraten, bis das Fleisch zu bräunen beginnt. Kokosmilch und Auberginen zugeben und 8–10 Minuten sanft köcheln, bis das Fleisch weich ist.

4 Die Fischsauce unterrühren und das Ganze sofort mit Thai-Basilikum-Zweigen und Kaffir-Limetten-Blättern garniert servieren.

FÜR 4 PERSONEN

VORBEREITUNG: 25 MINUTEN

GARZEIT: 15–20 MINUTEN

2 EL Erdnuss- oder Sonnenblumenöl
500 g Hähnchenbrustfilet, gewürfelt
2 Kaffir-Limetten-Blätter, grob zerkleinert
1 Stängel Zitronengras, fein gehackt
225 ml Kokosmilch aus der Dose
16 Babyauberginen, halbiert
2 EL Fischsoße

Grüne Currypaste

16 frische grüne Chillies
2 Schalotten, in Ringen
4 Kaffir-Limetten-Blätter
1 Stängel Zitronengras, gehackt
2 Knoblauchzehen, gehackt
1 TL Kreuzkümmelsamen
1 TL Koriandersamen
1 EL frisch geriebener Ingwer oder frisch geriebener Galgant
1 TL abgeriebene Limettenschale
5 schwarze Pfefferkörner
1 EL Zucker
Salz
2 EL Erdnuss- oder Sonnenblumenöl

Garnierung

frische Thai-Basilikum-Zweige
Kaffir-Limetten-Blätter, in feinen Streifen

Indonesische Chili-Garnelen

Ein wunderbares Gericht für ein zwangloses Abendessen mit Gästen – es schmeckt raffiniert, obgleich es schnell zubereitet ist.

1 Mit einem scharfen Messer die Ingwerwurzel sehr fein hacken. Die Garnelen aus der Schale lösen und den Darmfaden entfernen.

2 Das Öl in einem vorgewärmten Wok oder einer großen, schweren Pfanne erhitzen. Ingwer, Knoblauch, Schalotten und Chillies darin auf mittlerer Stufe 4–5 Minuten unter gelegentlichem Rühren dünsten, bis die Schalotten weich zu werden beginnen. Die Garnelen zugeben und unter gelegentlichem Rühren weitere 3–5 Minuten garen, bis sie sich verfärben.

3 Kokosmilch zugießen und gemahlenen sowie gehackten Koriander unterrühren. Mit Salz abschmecken und aufkochen. Die Hitze reduzieren und das Ganze 5 Minuten sanft köcheln, bis alles gut durchgegart ist.

4 Die Chili-Garnelen sofort mit frisch gekochtem Reis servieren.

FÜR 4 PERSONEN

VORBEREITUNG: 10 MINUTEN

GARZEIT: 15 MINUTEN

2,5-cm-Stück Ingwerwurzel oder Galgantwurzel
500 g rohe Riesengarnelen
2 EL Erdnuss- oder Sonnenblumenöl
2 Knoblauchzehen, fein gehackt
4 Schalotten, fein gehackt
3 frische rote Chillies, entkernt und in dünnen Ringen
150 ml Kokosmilch aus der Dose
1 TL gemahlener Koriander
1 EL frisch gehackter Koriander
Salz
frisch gekochter Reis, zum Servieren

Chili-Krebse

FÜR 4 PERSONEN

VORBEREITUNG: 25 MINUTEN

GARZEIT: 10 MINUTEN

2 gekochte Krebse à 900 g
4 Knoblauchzehen, gehackt
2,5-cm-Stück Ingwerwurzel, gehackt
3 frische rote Chillies, entkernt und gehackt
4 EL Erdnuss- oder Sonnenblumenöl
4 EL Tomatenketchup
2 EL dunkle Sojasauce
1 EL brauner Zucker
150 ml Wasser
Frühlingszwiebeln, gehackt, zum Garnieren

Servieren Sie dieses schmackhafte Gericht in einer großen Schüssel, aus der sich jeder selbst bedienen kann.

1 Zunächst die Krebse ausbrechen: Die Scheren abbrechen, den Krebs auf den Rücken legen, das Fleisch mit den Daumen aus der Schale drücken. Magen sowie Darmfaden aus dem Schwanz entfernen. Die Schale mit dem Hackbeil halbieren, den Körper zweiteilen und die Scheren knacken. Knoblauch, Ingwer und Chillies im Mörser mit dem Stößel zu einer Paste zerstoßen.

2 Das Öl in einem vorgewärmten Wok oder einer großen, schweren Pfanne erhitzen. Die Krebsstücke hineingeben und unter gelegentlichem Rühren 1 Minute garen. Die Würzpaste zufügen und weitere 2 Minuten unter gelegentlichem Rühren dünsten.

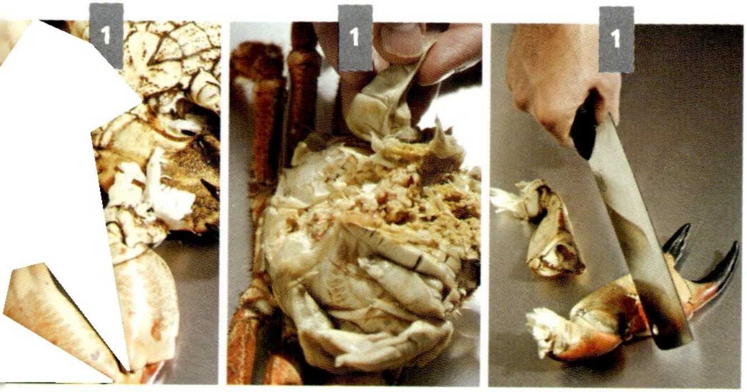

3 Ketchup, Sojasauce, Zucker und Wasser zugeben, gut umrühren und bedeckt 5 Minuten köcheln. Die Krebsmischung in eine Schüssel geben, mit Frühlingszwiebeln garnieren und sofort servieren.

Fisch mit Chili-Kruste

FÜR 4 PERSONEN

VORBEREITUNG: 15 MINUTEN

GARZEIT: 10 MINUTEN

1 kleines Bund Koriander
oder glatte Petersilie

3–4 getrocknete rote Chillies, zerstoßen

2 EL Sesamsaat

Salz und Pfeffer

1 Eiweiß

4 Thunfischsteaks à 140–170 g

2–3 EL Sonnenblumenöl

2 Limetten, halbiert, zum Garnieren

Dieses aromatische Gericht kann mit festfleischigem Fisch wie Thunfisch, Barsch oder Kabeljau zubereitet werden.

1 Den Koriander oder die Petersilie hacken, einige Blätter zum Garnieren beiseite legen. Chillies, Koriander oder Petersilie und Sesamsaat in einer flachen Schüssel vermengen. Mit Salz und Pfeffer würzen. Das Eiweiß mit einer Gabel in einer separaten flachen Schüssel leicht verquirlen.

2 Die Thunfischsteaks zuerst im Eiweiß, dann in der Chili-Kräuter-Mischung wenden, bis sie gut überzogen sind. Die Panade mit der Hand auf beiden Seiten festdrücken.

3 Das Öl in einer großen, schweren Pfanne erhitzen. Die Thunfischsteaks darin auf mittlerer Stufe 4 Minuten garen, dann behutsam mit einem Pfannenwender wenden. Auf der anderen Seite wiederum 4 Minuten garen. Auf eine vorgewärmte Servierplatte geben. Mit der Limette und dem restlichen Koriander oder der restlichen Petersilie garnieren und sofort servieren.

Scharfe Kartoffelküchlein

Kartoffeln würzig aufgepeppt! Dies ist ein schnelles Gericht, wenn die Küchlein bereits am Vortag zubereitet werden.

1 Die Kartoffeln in einem großen Topf mit leicht gesalzenem Wasser 20–25 Minuten kochen, bis sie gerade gar sind. Gut abtropfen lassen und mit einem Kartoffelstampfer zerdrücken. In eine Schüssel geben und abkühlen lassen.

2 Chillies, Mandeln, Kokosraspel, Koriander oder Petersilie, Mehl und Ingwer zu den zerdrückten Kartoffeln geben. Alles gut vermengen und mit Salz abschmecken. Die Kartoffelmischung mit leicht feuchten Händen zu Bällchen formen und behutsam zu Küchlein flach drücken.

3 Das Öl zum Frittieren auf 180–190 °C erhitzen oder so lange, bis ein Brotwürfel in 30 Sekunden darin bräunt. Die Küchlein, gegebenenfalls portionsweise, 5 Minuten frittieren, bis sie goldbraun sind. Auf Küchenpapier abtropfen lassen und sofort mit dem Chutney servieren.

FÜR 4 PERSONEN

VORBEREITUNG: 20 MINUTEN, PLUS 30 MINUTEN ABKÜHLEN

GARZEIT: 30–40 MINUTEN

500 g Kartoffeln, geschält und in großen Stücken
Salz
2 frische grüne Chillies, entkernt und fein gehackt
1 frische rote Chili, entkernt und fein gehackt
1 EL blanchierte Mandeln, fein gehackt
2 EL Kokosraspel
1 EL frisch gehackter Koriander oder frisch gehackte Petersilie
2 EL Mehl
2,5-cm-Stück Ingwerwurzel, gerieben oder fein gehackt
Pflanzenöl, zum Frittieren
Mango-Chutney, zum Servieren

Kartoffel-Tapa mit Chillies

FÜR 4–6 PERSONEN

VORBEREITUNG: 10 MINUTEN

GARZEIT: 35–40 MINUTEN

1 kg kleine neue Kartoffeln, ungeschält
Salz und Pfeffer
3 getrocknete rote Chillies
4 EL Olivenöl
2 Knoblauchzehen, fein gehackt
4 Frühlingszwiebeln, gehackt
200 g Tomaten aus der Dose
1 EL Passata (passierte Tomaten)
1 EL Sherryessig
1/2 TL Safranfäden, zerstoßen

Reichen Sie diese Kartoffeln entweder als Beilage oder als Tapa – wie Appetithäppchen in Spanien genannt werden. Mit einem Glas kühlem Weißwein schmecken die Häppchen besonders lecker.

1 Die Kartoffeln in einem großen Topf mit leicht gesalzenem Wasser 10–15 Minuten kochen, bis sie gerade gar sind. Gut abtropfen und etwas abkühlen lassen.

2 Inzwischen die Chillies im Mörser mit dem Stößel zerstoßen. Das Öl in einem schweren Topf erhitzen. Knoblauch und Frühlingszwiebeln hineingeben und auf mittlerer Stufe 5 Minuten dünsten, bis die Zwiebeln weich sind. Chillies, Tomaten samt Flüssigkeit aus der Dose, Passata, Sherryessig und Safranfäden unterrühren und mit Salz und Pfeffer abschmecken. Die Hitze reduzieren und alles unter gelegentlichem Rühren 10 Minuten köcheln.

3 Die Kartoffeln halbieren, in den Topf geben und in der Mischung wenden, bis sie gut überzogen sind. Bedeckt weitere 10 Minuten sanft köcheln. Nochmals mit Salz und Pfeffer abschmecken und heiß oder warm servieren.

Singapur-Nudeln

Dieses beliebte Gericht ist äußerst vielseitig. Mit der Beigabe von Garnelen oder Huhn erhält man eine sättigende Mahlzeit.

1 Die Nudeln in einer Schüssel mit heißem Wasser übergießen und 10 Minuten oder gemäß den Packungsangaben ziehen lassen. Inzwischen die Pilze gut abtropfen lassen, die Stiele entfernen, die Hüte in Scheiben schneiden. Die Nudeln abtropfen lassen und mit Küchenpapier trockentupfen.

2 Die Hälfte des Öls in einem vorgewärmten Wok oder einer Pfanne erhitzen. Nudeln und 1 Prise Salz hineingeben und unter gelegentlichem Rühren 2 Minuten dünsten. In eine Schüssel geben und warm stellen.

3 Das restliche Öl im Wok erhitzen. Schalotten, Knoblauch und Chillies hineingeben und unter gelegentlichem Rühren 2–3 Minuten dünsten. Das Currypulver zufügen und unter Rühren 1 Minute weiterdünsten. Babymaiskolben, Zuckererbsen, Paprika und Chinakohl zugeben und 5 Minuten unter gelegentlichem Rühren „bissfest" garen.

4 Pilze und Nudeln in den Wok geben. Unter gelegentlichem Rühren 2 Minuten garen. Die Sojasauce unterrühren und das Ganze sofort servieren.

FÜR 4 PERSONEN

VORBEREITUNG: 15 MINUTEN, PLUS 30 MINUTEN EINWEICHEN

GARZEIT: 12 MINUTEN

220 g Reisnudeln
30 g getrocknete chinesische Pilze, 30 Minuten in heißem Wasser eingeweicht
4 EL Erdnuss- oder Sonnenblumenöl
Salz
4 Schalotten, gehackt
2 Knoblauchzehen, fein gehackt
2 frische grüne Chillies, entkernt und fein gehackt
2 TL Currypulver
120 g Babymaiskolben, halbiert
120 g Zuckererbsen
1 grüne Paprika, entkernt und in Streifen
120 g Chinakohl, zerteilt
2 EL Sojasauce

Mexikanische Chili-Bohnen

Dieses Gericht, in Mexiko als Frijoles bekannt, kann mit jeder Sorte rötlich-brauner Bohnen zubereitet werden.

1 Die Bohnen abtropfen lassen und gut abspülen. In einen großen, schweren Topf geben und mit kaltem Wasser bedecken. Die Hälfte der Zwiebeln und des Knoblauchs sowie Lorbeerblatt und Chillies zugeben. Aufkochen und 15 Minuten auf hoher Stufe kochen. Die Hitze reduzieren, dann das Ganze abdecken und 1 Stunde köcheln, gegebenenfalls Wasser zugießen. 1 Esslöffel Öl unterrühren und weitere 30–45 Minuten köcheln, bis die Bohnen gar sind. Salz zufügen und beiseite stellen.

2 Das restliche Öl in einer Pfanne erhitzen. Restliche Zwiebeln und restlichen Knoblauch hineingeben und unter gelegentlichem Rühren 5 Minuten dünsten, bis die Zwiebeln weich sind. Die Tomaten zugeben und weitere 5 Minuten garen.

3 3 Esslöffel Bohnen in die Pfanne geben, zerdrücken und gut mit der Tomatenmischung vermengen. Alles zu den Bohnen geben, gut durchrühren und langsam aufkochen. Mit Salz und Pfeffer abschmecken. Für ein herzhaftes Gericht die Bohnen mit geriebenem Mozzarella, Kirschtomaten, Frühlingszwiebeln und Weizentortillas servieren.

FÜR 6 PERSONEN

VORBEREITUNG: 15 MINUTEN, PLUS 3–4 STUNDEN EINWEICHEN

GARZEIT: 1–1 1/4 STUNDEN

350 g getrocknete Haricotbohnen oder rote Kidneybohnen, 3–4 Stunden eingeweicht

2 Zwiebeln, gehackt

2 Knoblauchzehen, fein gehackt

1 Lorbeerblatt

2–3 frische grüne Chillies

2 EL Maisöl

Salz und Pfeffer

3 Tomaten, gehäutet, entkernt und gehackt

Zum Servieren

Mozzarella, gerieben

Kirschtomaten

Frühlingszwiebeln

Weizentortillas

Chili-Cocktails

FÜR 2 PERSONEN

VORBEREITUNG: 5 MINUTEN, PLUS
1 STUNDE ANSETZEN (NACH BELIEBEN)

GARZEIT: KEINE

175 ml Chili-Wodka
2 eingelegte Jalapeño-Chillies
Eiswürfel
trockener Vermouth, zum Abschmecken

Chili-Wodka selbst gemacht: Chillies in eine Flasche mit Wodka geben und das Ganze mehrere Tage stehen lassen. Dann den Wodka in eine saubere Flasche umfüllen.

1 Den Wodka in einen Glaskrug gießen. Die Chillies entkernen, in Ringe schneiden und nach Belieben 2 große Ringe für die Dekoration beiseite legen. Die restlichen Chillies in den Wodka geben. Wahlweise, um das Aroma zu verstärken, den Krug mit Frischhaltefolie abdecken und 1 Stunde in den Gefrierschrank stellen.

2 Die Eiswürfel in ein sauberes Geschirrhandtuch wickeln und mit dem Fleischklopfer oder Nudelholz zerstoßen. Das zerstoßene Eis in ein Rührglas oder einen Krug geben und mit dem Wodka übergießen. Für einen sehr trockenen Martini 2 Spritzer Vermouth, oder auch mehr, zugeben. Gut umrühren, bis das Glas mit einem Eisfilm überzogen ist.

3 Den Cocktail in 2 Cocktailgläser gießen und mit Chiliringen dekoriert sofort servieren. Zu Chili-Cocktails am besten Tortilla-Chips reichen.

Register